Je ne

pas lire !

QUITTERIE SIMON

ILLUSTRATIONS
D'HERVÉ LE GOFF

MILAN

Chapitre 1

Ce que Lili préfère, c'est prendre sa petite couverture, grimper sur les genoux de papa ou de maman, puis attendre, en silence, que l'histoire commence.

Chez Lili, tous les soirs, chaque enfant a droit à une histoire. Léo, son petit frère, préfère les desserts. Alors, souvent, il échange son histoire contre un flan au caramel ou une mousse au chocolat.

Comme ce soir. Lili en profite pour demander deux fois *Le Petit Poucet*, son conte préféré. Elle le connaît par cœur.

Mais papa dit :
– Aujourd'hui,
pas le temps
pour les histoires !
Nous sortons
en amoureux.

Lili a-t-elle bien
entendu ?

Sur le pas de la porte,
maman lui chuchote :
– Heureusement,
tu entres au CP.
Bientôt, tu pourras
lire toute seule !

Une affreuse pensée traverse
l'esprit de Lili :
– Lorsque je saurai lire,
mes parents ne me
raconteront plus d'histoires !

La nuit venue, Lili se tourne
et se retourne dans son lit…
Puis, tout à coup, elle sourit.
Elle vient d'avoir une **idée de génie**.

Le lendemain, Lili **se campe** devant la table du petit-déjeuner :

– Je ne veux pas apprendre à lire, c'est décidé.

Surpris, ses parents **bafouillent** :

– Mais plus tard, si tu ne sais pas lire… tu ne trouveras pas ton chemin en voiture !

– Tu ne comprendras pas nos lettres !

– Ni la moindre recette !

– Et comment découvriras-tu d'autres histoires ?

Lili a réponse à tout :
– Je n’aime pas la voiture :
je prendrai l’avion.

Pour avoir
de vos nouvelles,
je téléphonerai.

Mes recettes ?
Je les inventerai.

Quant aux histoires…
je vous inviterai !

A B C D E F
a b c d e f
A B C D E F
a b c d e f
France
1 + 1 =
2 + 2 =
2 + 0 =
3 + 2 =
3 + 1 =
4 + 4 =
2 + 4 =

Chapitre 2

Le jour de la rentrée, Lili n'a pas changé d'avis. Elle a même trouvé de nouveaux **arguments**.
En arrivant au CP, c'est elle qui parle en premier :
– Bonjour, je suis Lili. Ravie d'être ici… mais juste pour apprendre à calculer.

La maîtresse ouvre
des yeux ronds :
– Ah bon ! Et pourquoi
donc ?

– Pour compter mes moutons,
car plus tard je veux être bergère.

La maîtresse répond :
– Bonne idée. Tu pourras en
profiter pour lire dans les prés…

Lili croise les bras :
– Surtout pas ! Il me faudra
ouvrir l'œil. Sinon, l'ours
viendra croquer
mon troupeau.

La maîtresse sourit.
Un grand album
à la main, elle demande :
– D'après vous, quel est
le titre de ce livre ?

Lili ne peut s'empêcher de regarder.

Malheur ! Sans faire exprès, voilà qu'elle reconnaît un *b*, puis un *é*…

Soudain, malgré elle, le mot s'échappe :

– *Bébé* !

La maîtresse la félicite :

– Bravo, Lili ! Tu connais déjà quelques lettres.

Lili proteste :

– J'ai juste observé le dessin !

À midi, devant la cantine, Lili remarque un **attroupement**. Au centre, Jean examine le menu d'un air savant :

– Je vais vous lire ce qu'on mange ! Ss… sa…

Ses copains lancent
des propositions :
– Salade ! Sardines ?

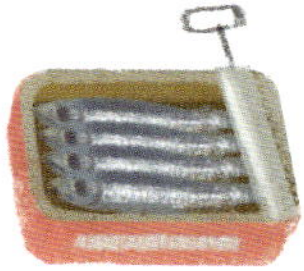

Facile ! Lili a aperçu les plats
en cuisine… Elle souffle aux garçons :

– La solution,
c'est *saucisson* !

Jean soupire :

– N'importe quoi ! Après le *s*,
il n'y a pas un *o*, mais un *a*.

– Ah oui ? Eh bien
tu verras…

À table, les garçons sont épatés :
– Tu sais lire !
Lili éclate de rire.

Chapitre 3

C'est la récré. Lili joue à la marelle près de la cour de l'école maternelle. Soudain, elle entend son frère sangloter…

– Léo ! Pourquoi tu pleures ?

– Tom a déménagé. Sans lui, c'est nul, la récré !

Lili réfléchit :

– Qu’est-ce qui me fait du bien lorsque j’ai du chagrin ? Une histoire bien sûr !

Aussitôt Lili attrape son cartable, en sort un vieux livre usé et rejoint Léo pour le consoler :
– Je vais te raconter *Le Petit Poucet*.

Léo n’en revient pas : c’est génial, le CP ! On apprend à lire en une journée !

Blottie contre son frère, Lili se lance de tout son cœur : sa voix gronde et **frémit**, s’attarde sur ses passages favoris…

Pour la première fois, Léo ne bouge pas. Il tremble avec Poucet, pleure avec ses frères, et rit à la fin, soulagé que les enfants retrouvent leur chemin.
L'histoire terminée, il regarde sa sœur avec fierté :
– Merci, Lili !

De retour en classe, Lili est
tout excitée :
– Lire un livre, j'adore ! Là, j'ai fait
un peu semblant. Mais bientôt
je pourrai raconter toutes
les histoires que je voudrai !

La cloche a sonné. C'est la fin
de la journée !

Lili se jette dans les bras
de ses parents :

– Vous savez, j'ai lu *Le Petit Poucet* à Léo. Il pleurait, et ça l'a consolé !

Maman sourit :
– C'est fantastique !
Mais… maintenant que tu sais lire, tu nous feras encore des câlins, dis ?

Lili cligne de l'œil :
– Promis !

Alors la maîtresse demande :
– Et l'ours, Lili ? Comment le surveilleras-tu ?

– Je prendrai un chien de berger, pardi !

Fin

300, rue Léon-Joulin, 31101 Toulouse Cedex 9, France
www.editionsmilan.com
Loi 49.956 du 16.7.1949 sur les publications destinées à la jeunesse
Dépôt légal : 3e trimestre 2015
ISBN : 978-2-7459-6830-2
Achevé d'imprimer en France par Pollina - L73632B
Mise en pages : Graphicat

Ce titre est une reprise du magazine *J'apprends à lire* nº 85.